石羅漢日記

黃春明先生為台灣國寶級文學大家，曾獲吳三連文藝獎、國家文藝獎、行政院文化獎等獎項；文壇成就斐然的黃春明對底層人物與土地自然的關懷尤其深刻；創作以小說為主，兼及散文、詩、兒童文學、戲劇，而在文字書寫外，更發展出獨特的視覺創作形式，舉凡撕畫、插畫、攝影和油畫，多所涉獵，無不精采！不被形式制約，故無方法論與創作流派包袱，憑藉著對生命豐沛的熱情、想像力與通融豁達的幽默感，秉持天賦才華手藝與獨到美學眼光，故能持續產出具有開創性，富含社會意識，人文哲思的藝術作品。

黃春明 文學作品

小說

1956《清道夫的孩子》
1969《兒子的大玩偶》
1974《鑼》
1974《莎喲娜啦 · 再見》
1975《小寡婦》
1979《我愛瑪莉》
1985《青番公的故事》
1989《兩個油漆匠》
1999《放生》
2000《看海的日子》
2005《銀鬚上的春天》
2009《沒有時刻的月臺》
2019《跟著寶貝兒走》
2020《秀琴，這個愛笑的女孩》

散文

1976《鄉土組曲》
1989《等待一朵花的名字》
2009《九彎十八拐》
2009《大便老師》

詩集

2022《零零落落》

兒童文學／繪本

1993《毛毛有話》
1993《我是貓也》
1993《短鼻象》
1993《小駝背》
1993《愛吃糖的皇帝》
1993《小麻雀 · 稻草人》
2023《犀牛釘在樹上了 》

文學漫畫

1990《王善壽與牛進》
2023《石羅漢日記》

石羅漢日記之發想——

我年輕時，在羅東公園裡的排球場練球，突然驟雨來襲，球員一夥躲入涼亭，是時傾盆雨勢，夾帶雷電轟隆交加，有一道閃電劈開近處不遠的低空，乍亮間，順眼望見，像是對著一座騎馬高舉長劍的民族英雄雕像。

我從小就愛胡思亂想，固然這類雕像不是銅鑄的就是石頭雕的，一旦成形就始終不變，但我總是為這座舉劍指天的雕像叫屈，永遠這樣高舉長劍，不很累很累嗎？接著想，要是這座雕像可以祈求禱告的話，他會祈求什麼？想久了，竟然好像聽到雕像的悲願：

天啊！天——！
日復一日
我已無法創新祈求的禱告辭
話還是老話
想借助您的雷劈
將我粉碎
既然是天，應該不費吹灰之力
倘若
我一直在此如此僵斃
那您的權威又何在？
如果您吝嗇那吹灰之力
是對我的懲罰
那麼
即使讓我放下舉刀之臂片刻
我都願以萬民歡呼換取

這首四不像的詩，寫於白色恐怖的時代，這不但對偉大的民族英雄犯了大不敬之罪，同時也犯了更嚴重的思想問題。於是又驚又喜地將稿子擱在塗鴉的紙堆裡。經過一段時日，曾經為雕像胡思亂想的腦筋，又對雕像產生興趣；這大概就是一般所謂的靈感吧。所以說，靈感不是憑空冒出來的，靈感還是有它潛伏的來龍去脈。

那是我曾經看過一尊雕得十分宛然的石羅漢，我徘徊在他的左右，越看越欣賞不已，於是我又開始胡思亂想起來。那一天，小鎮裡略微駝背的老石匠，他匠心獨運，握著修繕的剁刀，輕巧地在石像右眼簾，密密地點著剁刀，去掉無法再挑剔的，那微微高了一點點的石皮之後，吹掉石粉，再用刷子刷過，石匠他摸了再摸，退後左看看，右看看，以難捨交貨的眼神，溫燙著完竣的石羅漢，同時也燙著自己的心，也燙活了石羅漢而令他抱著沉重的納悶。

然而，石羅漢似乎對自己的未來，全然瞭然，這就是他為什麼納悶的原因。他這樣嘀咕著：從此吾將過永不動彈，恆無變化的日子。一般肉體之軀，死後腐化，腐後還元、淨化、昇華。而吾石羅漢，日後，日日不變，月月如一、年年如初，教人好不納悶。完工後的石羅漢被豎在村口涼亭近旁，歲時三巡，一切正如當初所料。但是，有一天陰霾深重的上午，大吹的嗩吶低吟開路，遠遠引來一列抬棺出殯的杖儀。當他們來到石羅漢跟前，竟然駐腳停息。經仔細端詳，原來是老石匠的靈棺。這時石羅漢才意識到，老石匠已多日未曾來此流連。石羅漢自責：吾竟呆若木雞，惋惜為時已晚，唉！感覺偏用，僅擁納悶，自怨自艾，空有感覺。說也奇怪，當石羅漢自責後，一股新的感覺湧上心頭，淚珠在眼眶打滾發燙。他怕驚動大家，扣住淚珠，等老石匠重新啟程，石羅漢的淚珠子一骨碌就滾下來了。

石羅漢覺得這一天大大不同往昔，想一想，終於知道，日子天天都不一樣，於是**靜觀外面世間**，**豐富內心的生活**，石羅漢的日記就這樣誕生了。

石羅漢日記

01

泥巴篇

村童上学垂頭喪氣，教学生龍活虎，彼等數人，沿途玩耍路过。其中有人冒出點子，提議扔泥巴比賽。衆人皆樂，吾却当了活靶，一团一团泥巴相續飛來。不多時，吾石羅漢变成泥菩薩，鼻塞，眼瞎，耳聾，苦不堪言。是時，烏雲移近，豆大雨点滴落，雷声隆隆，頃刻一轟而散。謝天謝地，雨勢急驟，吾身多日塵埃，与泥巴相聚，歡歡喜喜相落回帰大地。善哉，美好一日，不一定風和日麗。

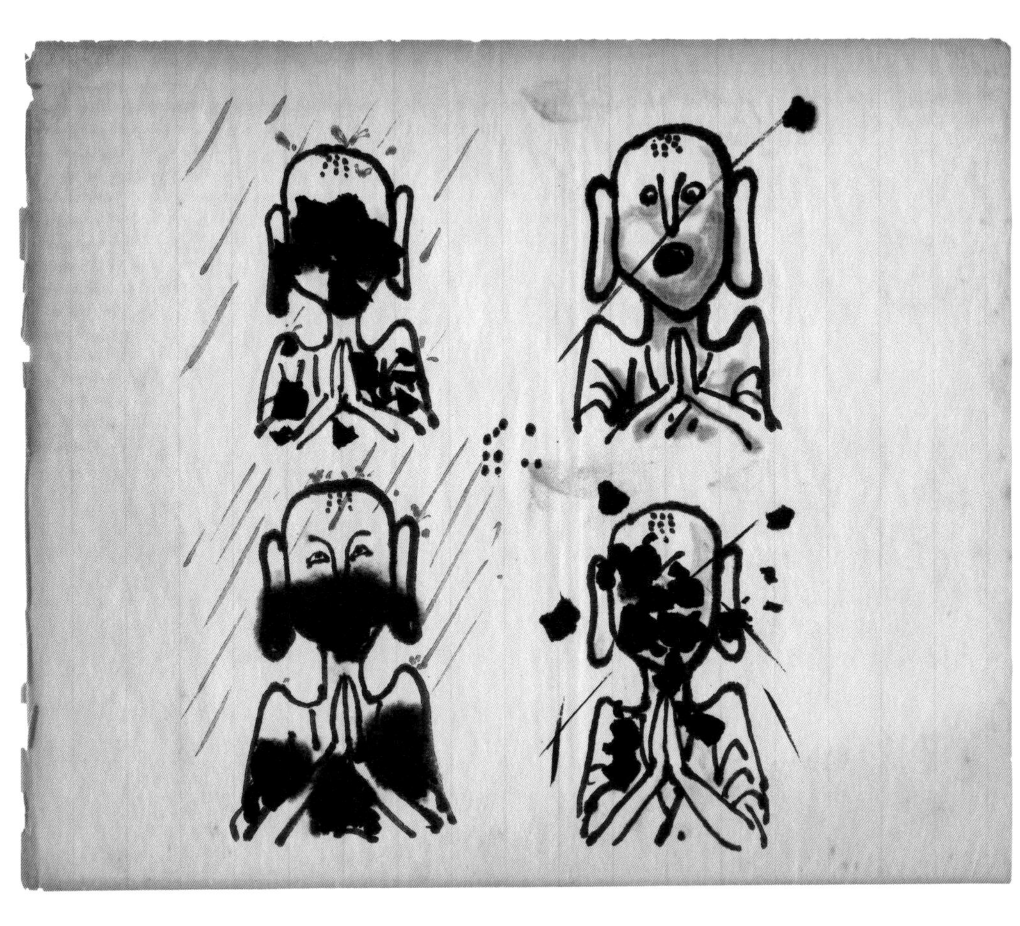

村童上學垂頭喪氣，
放學生龍活虎，彼等數人，
沿途玩耍路過。
其中有人冒出點子，
提議扔泥巴比賽，眾人皆樂，
吾卻當了活靶。
一團一團泥巴相續飛來，
不多時，吾石羅漢變成泥菩薩；
鼻塞、眼瞎、耳聾，苦不堪言，
是時，烏雲移近，豆大雨點滴落，
雷聲隆隆，頑童一轟而散。
謝天謝地，雨勢急驟，
吾身多日塵埃，與泥巴相聚，
歡歡喜喜相溶回歸大地，
善哉，美好一日，
不一定風和日麗。

戊辰年七月三日
天陰欲雨

石羅漢日記 02

狗屎篇

日間，野狗來此放屎，引來紅頭蒼蠅結集，嗯嗯嗡嗡，又臭又吵。夜晚，一對情侶相偕來此戀愛。男熱情有加，女又愛又燥，半推半就，被推躺地。着地時突然驚叫，此時，不看即知，狗屎被壓爆餡，臭味瀰漫，二人悻然離去。阿彌陀佛！不然，十個月後，社会多出一位未婚媽媽，竟然是在吾眼前造就，豈不罪過？、妙哉，狗屎保住佛家聖地清淨，美哉，狗屎，善哉，狗屎。

日間，野狗來此放屎，
引來紅頭蒼蠅結集，
嗯嗯嗡嗡，又臭又吵。
夜晚，一對情侶相偕來此戀愛。
男熱情有加，女又愛又臊，
半推半就，應推躺地。
著地間突然驚叫，
此時，不看即知，
狗屎被壓爆餡，臭味瀰漫，
二人悻然離去。
阿彌陀佛！不然，十個月後，
社會多出一位未婚媽媽，
竟然是在吾跟前造就，
豈不罪過？
妙哉，狗屎保住佛家聖地清靜，
美哉！狗屎，善哉！狗屎。

戊辰八、二十一、
天晴悶熱

石羅漢日記

03

蝸牛篇

晌午、二蝸牛貼身登頂、行至頸間、粘溼奇癢、
倍感不舒、甚至生厭、無奈石体身僵、無法驅逐、
唯靜察動靜。二蟲竟以戒疤為棋子對弈。
吾甚疑之，戒疤豈能為子？
然二蟲照常殺聲連連、
終局亦分勝負、奇哉！
思之又思、不禁驚嘆不如。

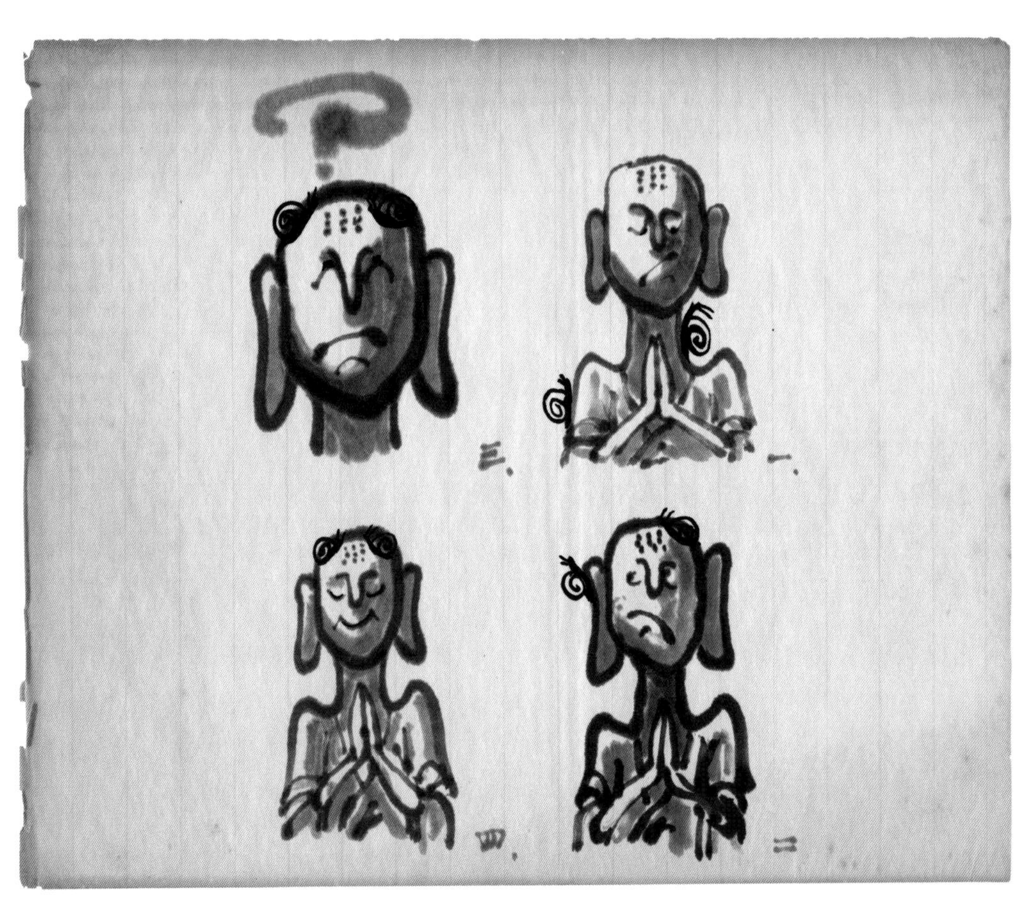

晌午，
二蝸牛貼身登頂，行至頸間，
黏溼奇癢，倍感不舒，
甚是生厭，無奈石體身僵，
無法驅逐，唯靜察動靜。
二蟲竟以戒疤為棋子對弈，
吾甚疑之，戒疤豈能為子？
然二蟲照常殺聲連連，
終局亦分勝敗，奇哉！
思之又思，
不禁驚嘆不如。

戊辰年十月初二陰天

石羅漢日記

04

三雀兒篇

清晨、三隻雀兒吱吱喳喳飛臨禿頂、
狀似十分快樂、吾亦受之感染。豈知雀兒餓極
窮兇、竟將禿頂戒疤視為戒巴豆、
的的多多啄食精光。
老衲一時失去戒疤、模樣像是小沙彌、好不難堪
唉唉、罪孽食之、和為貪狂、
戒之、戒之、之、　又及：
但願戒疤不傷雀兒腸胃、阿彌陀佛！

清晨，三隻雀兒吱吱喳喳，
飛臨禿頂，狀似十分快樂，
吾亦受之感染，
豈知雀兒餓極窮兇，
竟將禿頂戒疤視為戒巴豆，
的的多多啄食精光。
老衲一時失去戒疤，
模樣像是小沙彌，好不難堪，
唉！
鳥為食亡亦為食狂，
戒之、戒之、戒之。
又及：
但願戒疤不傷雀兒腸胃。
阿彌陀佛！

戊辰年十月初六 晴天

石羅漢日記

05

毛蛾篇

一隻大毛蛾，經不起路燈之誘惑，棄暗投明，遊戲光暈之間，時至日出，光明大放，毛蛾一時驚慌，鼓翅亂飛，尋覓背光躲藏。吾乃坐東面西，背部迎旭，正面時陰，毛蛾撲向吾臉，停息留棲，上下左右四足花翼，遮蓋臉部中央，良久不去，路人好奇駐腳觀看，並眾說紛紜，有說像悟空，又說像隻蜂俠，莫衷一是，但與毛蛾自和樂，人世紛爭難得祥和，粉墨登場，能得與蝶之香亦樂乎。

一隻大毛蛾，
經不起路燈之誘惑，
棄暗投明，遊戲光暈之間，
時至日出，光明大放，
毛蛾一時驚慌，鼓翅亂飛，
尋覓背光躲藏。
吾乃座東面西，
背部迎旭，正面時陰，
毛蛾撲向吾臉停息鼻樑，
上下左右四片花翼，
遮蓋臉部中央，良久不去。
路人好奇駐腳觀看，
並眾說紛紜，有說像悟空，
又說像青蜂俠，莫衷一是，
但眾皆和樂。
人世紛爭難得祥和，
粉墨登場，
扑得眾樂樂，吾亦樂乎。

石羅漢日記

06

落葉篇

深秋，最後一片欖仁葉，緊抱枝頭，難捨分離，一陣強風路過，

無意掙動，葉片搖動，離枝飄起，飄來最後得落地。

嗅，那是何等悲心之哀。然而，著地之前，乘風飛舞近狂。

此乃是此葉有生之時，最為燦爛美之瞬間，因它精彩秋增

添我分離感，無言，飄飄，風兒行至跟前，急速旋轉落

葉隨即卡在吾之耳邊，我懷不下。

怪哉，想像吾之模樣，不禁為這滑稽相噗嗤一笑。

但是，當時令吾感到一陣錯愕，難以世界在靜止。

吾不知此時該為落葉憂心乎，或為

吾之模樣笑乎，嘴角有趣……

憫憐秋葉之餘，雲氣掠過腦際，此稱豈非新課題！

又有新的可學，今日不虛。

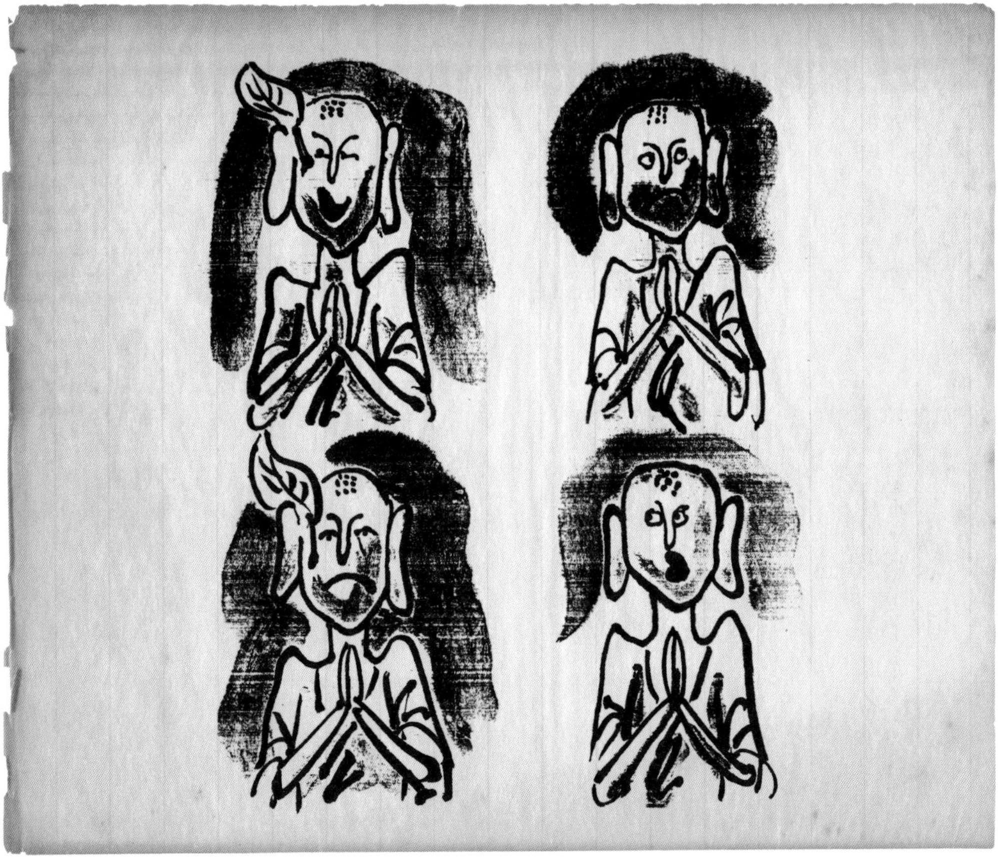

深秋，最後一片欖仁葉，
緊抱枝頭，難捨分離。
一陣強風路過，無意拌動，
葉片鬆手，離枝飄起，
最後必將落地。
唉！那是何等悲哀啊。
然而，著地之前，乘風飛舞近狂，
此乃此葉有生之時，
最為絢爛悽美之瞬間，
因它，晚秋增添幾分衰老，
舞之，飄之，風兒行至跟前，
急速旋轉，落葉隨即卡立吾
之耳溝，戰慄不下。
怪哉，想像吾之模樣，
不禁為滑稽噗嗤一笑。
但是，霎時令吾感到一陣錯愕，
吾不知此時該為落葉悲乎？
或為吾之模樣笑乎？
內心矛盾糟蹋了今天。
懊惱之餘，靈光掠過腦隙，
此矛盾豈止新課題？
有新的可學，今日不虛。

戊戌年十一月一日
天陰東北季風四級

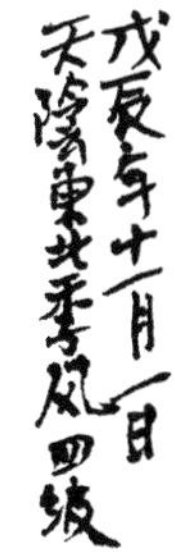

蜘蛛篇

石羅漢日記 07

造物造春天，春天造百花，這正如造物造春天一般豐富。造物造蜘蛛，蜘蛛造網，這正如造物造蜘蛛一般奧秘。造物造蝴蝶，蝴蝶造姿，這正如造物造蝴蝶一般美麗。

感謝與讚美造物之際，驚見蝶兒飛近蜘蛛網，隨即又飛開。吾乃為蝴蝶慶幸，但又見蜘蛛竟日不得食，又為蜘蛛可憐。

唉、、吾心之矛盾豈不亦是造物之作？！

造物造春天，春天造百花，
這正如造物造春天一般豐富。
造物造蜘蛛，蜘蛛造網，
這正如造物造蜘蛛一般奧祕。
造物造蝴蝶，蝴蝶造姿，
這正如造物造蝴蝶一般美麗。
感謝與讚美造物之際，
驚見蝶兒飛近蜘蛛網，
隨即又飛開，
吾乃為蝴蝶慶幸，
但又見蜘蛛竟日不得食，
又為蜘蛛可憐。
唉！吾心之矛盾
豈不亦是造物之作？

庚午年三月十三日
風和日麗

石羅漢日記 08

膜拜篇

某一村婆帶幼孫路過，順道走進小園來到跟前，站在孫兒背後，彎腰握住孫兒小手合十，朝吾膜拜，口裡唸唸有詞，像是祈願庇佑什麼。初時頗感有趣，但聽明白詞意後，頓感坐立不安。

阿婆道：保佑孫兒乖，聰明，快快長大，以後娶個好媳婦，看祖孫虔誠模樣，以為吾可賜願。吾何德何能？害吾一時耳根發燙滿面通紅。但願他的小孫將來乖巧聰明，不然叫吾如何面對。阿彌陀佛！

某一村婆帶幼孫路過，
順道走進小園來到跟前，
站在孫兒背後，
彎腰握住孫兒小手合十，
朝吾膜拜，口裡唸唸有詞，
像是祈願庇佑什麼。
初時頗感有趣，
但聽明白詞意後，頓感坐立不安。
阿婆道：保佑孫兒乖、聰明，
快快長大，以後娶個好媳婦。
看祖孫虔誠模樣，信以為吾可賜願。
吾何德何能？
害吾一時耳根發燒滿面通紅。
但願他的小孫將來乖巧聰明，
不然叫吾如何面對，
阿彌陀佛！

庚午三月十九日
春鳴戲筆

石羅漢日記 09

毛蟲篇

不知何時一條大毛々蟲爬上臉龐，何苦尋々覓々，一會兒額頭，一會兒眉梢慌忙走遍五官，始終不見安靜。看它肥胖如此，似乎欲找個角落落腳吐絲作繭。終了毛蟲爬到仁中橫臥鼻孔下，不去。吾甚納悶，深怕引人誤會，以為出家人不正經，蓄鬍。說時遲，那時快，一隻雀兒化成一道影子，啄走毛蟲，錯愕間，一隻蝴蝶飛來，不由驚嘆天地間瞬息萬變，妙哉蒼生！！

不知何時一條大毛毛蟲爬上臉龐，
何苦尋尋覓覓，
一會兒額頭，一會兒眉梢，
慌忙走遍五官，始終不見安靜。
看它肥胖如此，
似乎欲找個角落落腳吐絲作繭。
終了毛蟲爬到人中橫臥鼻孔下，不去。
吾甚納悶，深怕引人誤會，
以為出家人不正經，蓄鬍。
說時遲，那時快，
一隻雀兒化成一道影子，啄走毛蟲，
錯愕間，一隻蝴蝶飛來，
不由驚嘆天地間瞬息萬變，
妙哉蒼生！

庚午年四月
十五日於芝山岩
春鳴戲筆

石羅漢日記 10

惡夢篇

昨夜驟雨過後，右臂彎處微感騷癢，以為蟲子動靜，不疑有他。清晨醒來騷癢更甚，用眼一瞄，發現兩片嫩綠子葉抽身探頭，已入列蒼生。何種幼苗，為何長於連貧瘠尤不及之石間，日後何能盤根華蓋。想必夭折矣……正為它抱憾之際，看見雀兒在吾身上放屎，而得知此苗乃是雀榕也，如果是榕樹，要擔心是吾石羅漢自己啊……因此在白日間做了一場惡夢。惡夢過後，小榕樹似乎又長高不少，善哉……蒼生有愛，隨他去吧！ 阿彌陀佛！

昨夜驟雨過後，
右臂彎處微感騷癢，
以為蟲子動靜，不疑有他。
清晨醒來騷癢更甚，用眼一瞄，
發現兩片嫩綠子葉抽身探頭，
已入列蒼生。
何種幼苗，為何長於連貧瘠
尤不及之石間，日後何能盤根華蓋？
想必夭折唉！
正為它抱憾之際，
看見雀兒在吾身上放屎，
而得知此苗乃是雀榕也，
如果是榕樹，
要擔心是吾石羅漢自己啊！
因此在白日間做了一場惡夢。
惡夢過後，
小榕樹似乎又長高不少。
善哉！蒼生有愛，隨他去吧！
阿彌陀佛！

庚午五月中旬
春鳴戲筆

石羅漢日記 11

照相篇

一对年輕愛人同志，共乘机車路過，見我笑臉相迎，下車拍照。女同志活潑可愛，一骨碌爬上石台，與我並肩拍一張，接著自導自演，抱我、吻我、投懷中坐。煞是緊張死我也。還好我是個石和尚，若是肉和尚不腦充血才怪，着實麻辣得厲害。不过，心底仍梗罪过，左思右思，常言說：酒肉穿腸过，佛祖心中留。這么說亦可謂：姑娘怀中坐，佛祖心中留吧。阿彌陀佛。

黃春明敬筆　一九九〇、六、十八　趕於[illegible]

一對年輕愛人同志，
共乘機車路過，見我笑臉相迎，
下車拍照。女同志活潑可愛，
一骨碌爬上石台，
與我並肩拍一張，
接著自導自演，抱我、吻我，
投懷中坐，煞是緊張死我也。
還好我是個石和尚，
若是肉和尚不腦充血才怪，
著實麻辣得厲害。
不過，心底仍梗罪過，
左思右思，常言說：
酒肉穿腸過，佛祖心中留。
這麼說亦可謂：
姑娘懷中坐，佛祖心中留吧。
阿彌陀佛！

庚午六月十七日

石羅漢日記 12

洪水篇

是日，洪水滾滾淹沒村舍田園，幸好人畜無殃，唯大地無數蟲類，爭搶浮出水面之物，紛紛往吾石羅漢爬上；先佔滿基台，再登吾身，最後爬滿臉龐，再攻頭頂。到底有何種類蟲子，如此囂張冒失？吾轉動眼珠，勉強看螻蛄、蚱蜢，小強、蝸牛、螳螂、癩蛤蟆、青蛙、蟋蟀，亦有壁虎、老鼠，尚有許多叫不出名字，亦不曾見过的蟲子，吾一時自覺見識不廣，羞之羞惱，思之又思之，此時救命要緊，管他何物，統統是生命也！阿彌陀佛！

是日，洪水滾滾淹沒村舍田園，
幸好人畜無殃，
唯大地無數蟲類，
爭搶浮出水面之物，
紛紛往吾石羅漢爬上；
先佔滿基台，再登吾身，
最後爬滿臉龐，再攻頭頂。
到底有何種類蟲子，
如此囂張冒失？
吾轉動眼珠，勉強看蜈蚣、
蚱蜢、小強、蝸牛、螳螂、癩蛤蟆、
青蛙、蟋蟀，亦有壁虎、老鼠，
尚有許多叫不出名字，
亦不曾見過的蟲子，
吾一時自覺見識不廣，為之羞腦，
思之又思之，
此時救命要緊，
管他何物，統統是生命也！
阿彌陀佛！

13 花袈裟

天冷，往来村人各個厚衣加身。是日阿公帶小孫
路过，小孫遠遠即注視吾身，至跟前佇足。老人
問何故？小孫曰，石羅漢受凍甚為可憐。
說罷解下圍巾要老人為吾加身。老人笑曰：
石羅漢乃是石頭彫，就無生命，不
覺冷熱也。

天冷，往來村人各個厚衣加身。
是日阿公帶小孫路過，
小孩遠遠即注視吾身，
至跟前佇足。
老人問何故？
小孫曰，石羅漢受凍甚為可憐。
說畢解下圍巾要老人為吾加身。
老人笑曰：
石羅漢乃是石頭彫就，
無生命，不覺冷熱也。

天氣酷冷，來往村人無不厚衣加身。是日，阿公帶孫子路過，小孩遠遠即注視吾，至跟前佇足不走。老人問之，小孫子曰：石羅漢受凍甚為可憐，言畢解下圍巾，欲加吾身。老人笑曰：石羅漢乃是石頭彫就，豈知冷暖乎？小孫甚不以為然而辯之，說阿嬤每每帶路過，總不忘要他小手合十拜拜，阿嬤甚至口中唸唸有詞，要石羅漢保佑他快快長大云云。祖孫愉快爭論一時回家去了。

哪知，不一時功夫，老人家扛一具竹梯子，小孩抱一件舊被單前來。阿公連忙爬上梯，將被單披上吾身，好不叫人感慨哉？等吾感激目送祖孫二人遠去，收回視線欣賞善心被單時，才發現事有不妥，原來此被單是花布縫製，披在出家人身上，看來豈不超怪？水滸伝裡吃狗肉的花和尚魯知深，亦不曾披花袈裟吧。不妥且有辱佛門之嫌。不安之心有如天色昏暗，時值近晚，有一遊民顫抖縮身路過，戰戰兢兢爬上石台，拜拜後將花袈裟剝下，披在身上走了，吾之難堪亦隨他走了。阿彌陀佛，該謝是本尊也。美哉善哉！物盡其用，適者用之。

天氣酷冷，來往村人無不厚衣加身。

是日，阿公帶孫子路過，小孩遠遠即注視吾，至跟前佇足不走，

老人問之，小孫子曰：石羅漢受凍甚為可憐，言畢解下圍巾，欲加吾身。

老人笑曰：石羅漢乃是石頭彫就，豈知冷暖乎？

小孫甚不以為然而辯之，說阿嬤每每帶路過，總不忘要他小手合十拜拜，

阿嬤甚至口中唸唸有詞，要石羅漢保佑他快快長大云云。

祖孫愉快爭論一時回家去了。

哪知，不一時功夫，老人家扛一具竹梯子，小孩抱一件舊被單前來。

阿公連忙爬上梯，將被單披上吾身，好不叫人感哉？

等吾感激目送祖孫二人遠去，收回視線欣賞善心被單時，才發現事有不妥，

原來此被單是花布縫製，披在出家人身上，看來豈不超怪？

水滸傳裡吃狗肉的花和尚魯智深，亦不曾披花袈裟吧！

不妥且有辱佛門之嫌。不安之心有如天色昏暗，

時值近晚，有一遊民顫抖縮身路過，戰戰兢兢爬上石台，

拜拜後將花袈裟剝下，披在身上走了，吾之難堪亦隨他走了。

阿彌陀佛，該謝是本尊也。

美哉、善哉！物盡其用，適者用之。

14

童心篇

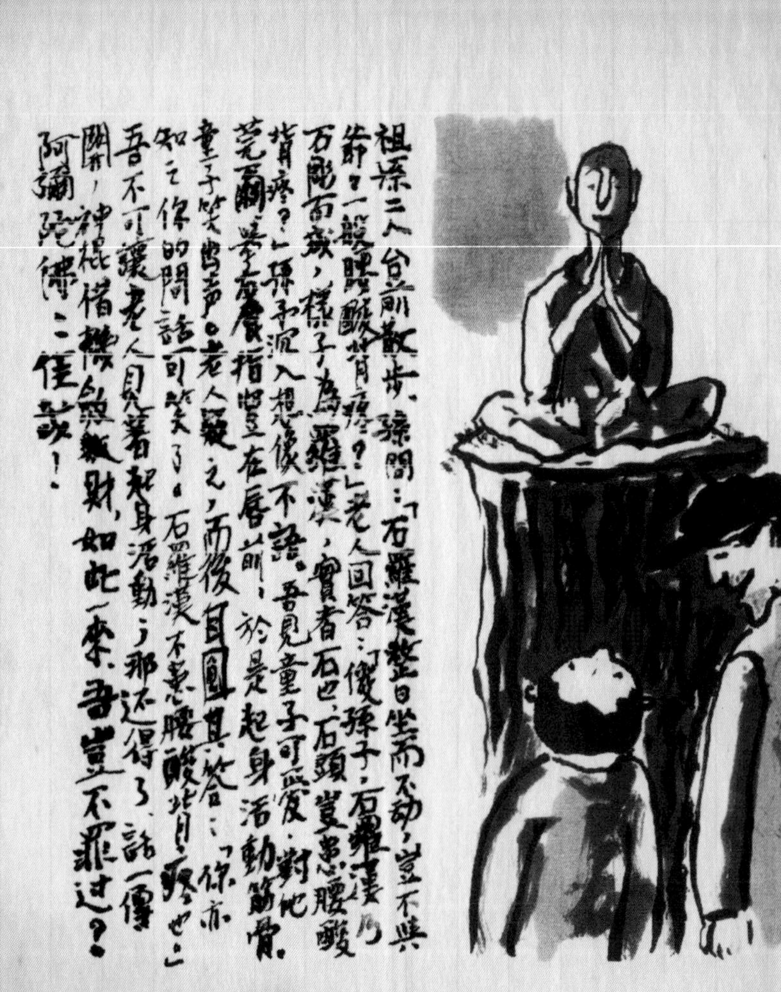
祖孫二人台前散步，孫問：「石羅漢整日坐而不動，豈不與
爺爺一般腰酸背疼？」老人回答：「傻孫子，石羅漢乃
石彫而成，樣子為羅漢，實者石也，石頭豈患腰酸
背疼？」孫子沉入想像不語。吾見童子可愛，對他
莞爾一笑，食指豎在唇前，於是起身活動筋骨。
童子笑出聲。老人疑之，而後自圓其答：「你亦
知之你的問話可笑了。石羅漢不患腰酸背疼也。」
吾不可讓老人見著起身活動，那不得了，話一傳
開，神棍借機斂財，如此一來，吾豈不罪過？
阿彌陀佛，佳哉！

是日，阿公帶小孫子至台前遊戲，孫子問：「石羅漢整日坐而不動，豈能不与你相同腰酸背疼？」阿公回答：「傻孫，石羅漢乃石頭雕成，樣子是羅漢，實者它仍是石頭，石頭豈能腰酸背疼？」孫子不以為然，沉思入想像不語。

吾見孩童可愛，对他莞爾，左右手指豎在唇前，吾於是站起身，活動作操，童子禁不住笑出声來。老人疑之，後似有所悟而說：「你亦知道你的問話可笑了吧。石羅漢是不會腰酸背疼也。」

吾不能讓老人家，見著起身活动筋骨，那還得了。話一傳開，成為謠言，有人乘機募款蓋廟，聚眾集神棍斂財。如此一來，吾豈不罪过呼？嘿嘿，阿彌陀佛。

佳哉！佳哉！讚

是日，阿公帶小孫子至台前遊戲，

孫子問：「石羅漢整日坐而不動，豈不與你相同腰痠背疼？」

阿公回答：「傻孫，石羅漢乃石頭彫成，樣子是羅漢，實者它仍是石頭，

石頭豈能腰痠背疼？」孫子不以為然，沉思入想像不語。

吾見孩童可愛，對他莞爾與右手指豎在唇前，

吾於是站起身活動作操，童子禁不住笑出聲來。

老人疑之，後似有所悟而說：

「你亦知道你的問話可笑了吧！石羅漢是不會腰痠背疼也。」

吾不能讓老人家，見著起身活動筋骨，那還得了，話一傳開，成為謠言。

有人乘機募款蓋廟，聚集神棍斂財，如此一來，吾豈不罪過乎？

嘿嘿嘿，阿彌陀佛，佳哉！佳哉！讚

15 地標篇

外人來村子購竹，路過台前，
將竹子斜靠吾身，竹子末端枝葉刺吾側臉。
村伯見狀甚為不平，
揚聲曰：此尊石羅漢乃本村之地標，
亦是本村之守護神，豈可如此不敬。
外人聞之，即刻放竹攤地，連連賠不住，並分說為一時糊塗。
村伯改顏色莞爾，謂無心之過非過也。
隨之邀曰：前頭不遠，請至寒舍奉茶如何？
吾見人情如此溫暖頗為感動，善哉！阿彌陀佛。

外人来村子購竹，路过台前，將竹子斜靠吾身，竹子末端枝葉刺吾側臉。村伯見狀甚為不平，揚声曰：「此尊石羅漢乃本村之地標，亦是本村之守護神，豈可如此不敬。」外人聞之，即刻放竹離地，連連賠不佳，並分說為一時糊塗。村伯改顏色莞爾，謂無心之过非过也。隨之邀曰：前頭不遠，請至寒舍奉茶如何？

吾見人情如此溫暖，頗為感動，善哉！ 阿彌陀佛。

二〇一三．十一．〇三 孟明

16 不知為不知

連日陰雨冷濕，難得晴天，上天端出一團暖暖冬天的太陽，

村內廟裡的幼稚園，某女老師心細，帶小朋友做戶外教學，

來到石羅漢台前，童子個個雀躍，看到什麼即問什麼。

有一童子指本尊問曰：老師，石羅漢幾歲了？老師笑答不知道。

又有人問：石羅漢有沒有爸爸媽媽？老師仍然笑答不知道。

小孩又聽老師笑答不知道，不知道甚感好玩，於是乎七嘴八舌問成遊戲。

老師除了笑臉相陪，全都啞口答不上。

最後有人說：老師，你為什麼都不知道？

老師和藹回之：老師和你們一樣，不知道的事還很多，所以每天都要學習啊！

善哉！不知為不知，是為知也。

更可貴的是，老師沒為自己的難堪阻止小孩提問，或指責亂問。

說真的，你問我石羅漢貴庚，吾亦不詳不知。

此位老師與冬天的太陽相映溫暖，真是日日好日也。

阿彌陀佛！

連日陰雨冷濕，難得晴天，々天端出一團團暖々冬天的太陽。村內庵裡的幼稚園，某女老师心细，带小朋友做戶外教学，来到石羅漢台前，童子個々雀躍，看到什么即问什么。

有一童子指本尊問曰：老师，石羅漢幾歲了呢？老师笑答不知道。又有人问：石羅漢有沒有爸々媽々？老师仍然笑答不知道。小孩又聽老师笑答不知道、不知道，甚感好玩，於是乎七嘴八舌问成遊戲。老师除了笑臉相陪全都啞口答不上。最後有人說：老师，你為什么都不知道？老师飛說曰：老师和你们一樣，不知道的事還很多，所以每天都要學習啊。

善哉，不知為不知，是知也，更可貴的是，老师沒為自己的難堪阻止小孩提問，或指責孔問。說真的，你問我石羅漢貴庚，吾亦不詳，不知。此位老师与冬天的太陽相映溫暖，真是日日好日也。阿弥陀佛。

17 二鳥篇

夕陽西斜，昏鴉歸山入林，貓頭鷹日夜顛倒，
算是早起出林覓食，二鳥一出一入，交錯路過石羅漢彫台，
老鴉棲息禿頂，貓頭鷹晚一步，棲止石羅漢左肩。
二鳥互相乍見，老鴉驚叫「呀！」了一聲，
貓頭鷹「咕！」一聲鳴叫，各露驚訝。
二鳥向來不曾謀面，亦不曾聞說對方。
今難得撞見相會，好奇而言來語往，無所不談。
老鴉盡說艷陽高照，貓頭鷹敘說不完月明星稀。
二鳥相談熱絡甚歡，且各自突感增廣見聞，相見恨晚。
旁觀者石羅漢余，因石身寸步不能移者，
聞二鳥所言及之世界，也畧知遠近之事物。
妙哉！古人有言，友直友諒友多聞。
二鳥雖至吾身各拉一泡鳥糞亦可諒之。
無礙，日後雨水沖洗，仍然一身乾淨。
值得、值得，真正是，日日好日。
阿彌陀佛！

夕陽西斜，昏鴉歸山入林，貓头鹰日夜顛倒，算是早起出林覓食。二鳥一出一入，交錯路过石羅漢彫台，老鴉棲息禿頂，貓头鹰晚一步，棲止石羅漢左肩。二鳥互相乍見，老鴉驚叫呀！了一声，貓头鹰咕！一声鳴叫，各露驚訝。二鳥向来不曾謀面，亦不曾聞說對方。今難得撞見相會，好奇而言来語往，無所不談，老鴉盡說豔陽高照，貓头鹰敘說不完月明星稀。二鳥相談热絡甚歡，且各自深感增廣見聞，相見恨晚。亦覌者石羅漢余，因石身寸步不能移者，聞二鳥所言及之世界，也略知遠近之事物。

妙哉！古人有言：友直友諒友多聞。二鳥雖在吾身各拉一泡鳥糞，亦可諒之。無礙，日後雨水沖洗，仍然一身乾淨。值得，值得，真正是日日好日。

阿彌陀佛

18 野草篇

冬天陰濕雨季，一株野茼蒿竟長於本尊之手肘與盤腿相抵之處，

僅賴雨水滑過石面存活，春耕已過，綿綿細雨不再，白日陽光暖和，

地面野草蒸蒸向榮，唯獨該株野茼蒿日見垂頭不挺，焉焉一息，

要不夜晚至清晨，氣溫偏低，尚存稀薄水氣，早即枯萎致死。

但該株野茼蒿，及早開花結子，當它帶絮羽種子，

隨風飄散播種之際，地面同類方遲遲含苞。

何故？思之又思：

原來任何物種，皆負傳宗接代之使命；當其生命處於逆境面臨危機時，

深恐有辱使命，發揮生命力也。

善哉！生命力，何等嚴肅之一課也。

世界上沒有一顆種子有權選擇它的土地，

同樣地，世界上沒有一個人有權選擇他的膚色。

冬天，陰濕雨季，一株野茼蒿竟長於木尊，尊手肘与盤腿相抵之處，僅賴雨水滑过石面存活，春耕已过，綿綿細雨不再，白日陽光暖和，地面野草蒸蒸向榮，唯獨該株野茼蒿，日見垂頭不起，奄奄一息，要不夜晚至清晨，氣溫偏低，尚存稀薄水氣，早即枯萎致死。但該株野茼蒿，及早開花結子，當它帶絨羽種子，隨風飄散播種之際，地面同類，方遲遲含苞。何故？思之又思：原來任何物種，皆負傳宗接代之使命；當其生命處於逆境面臨危機時，深恐有辱使命，發揮生命力也。善哉：生命力：何等嚴肅之一課也。

世界上沒有一顆種子有權選擇它的土地，同樣地，世界上沒有一個人有權選擇他的膚色。

19

脹屎篇

村子般戶莊二爺賣地，進金可觀，日日山珍海味、出入名車代步，
一日體重升至一百公斤，身雖無什麼大毛病，
唯獨解便不順，身心整悶悶。
今晨二爺晨步來到台前遇見老友，訴苦前情。
老友聞之笑曰：「脹屎！有吃不拉，或吃多拉少，脹死了。」
二爺請教如何是好？
「此乃類同一人錢多，有進無出，日日為錢為性命擔憂，
誰不悶悶不樂。唯有多施捨一途可解。」噯呀呀！妙哉，戲言有道。
甚為感佩，今日一見旭日即遇見好日，好不幸福唄，阿彌陀佛，善哉！

日日好日

村子殷戶莊二爸爺賣地，進金可觀，日々山珍海味，出入名車代步，一日体重升至一百公斤，身雖無什么大毛病，唯独解便不順，身心鬱悶々。今晨之女卿日辰步來到台前，遇見老友，訴苦前情。老友聞之笑曰：「脹屎！有吃不拉，或吃多拉少，脹死了。」二爸爺請教如何是好？「此乃類同一人錢多，有進無出，日日為錢為性命担憂，誰不悶々不樂。唯有多施捨一途可解。」噯呀々：妙哉，戲言有道。甚為感佩、今日一見旭日，即遇見好日、好不幸福貝，阿彌陀佛、善哉！

20

村娃桃子上幼稚園小班，均為奶奶帶伊上學，每趟兩次路過，
經石羅漢吾跟前，定要佇足，雙手合十禮拜，
口中喃喃為眾生祝禱祈福。
桃子上大班，奶奶不幸病逝，之後，桃子自個兒上學路過，
伊學奶奶佇足面對石羅漢吾，雙手合十禮拜。
善哉！奶奶之身教重於言教，
奶奶之慈悲與謙卑之心，仍活在桃子身上。

村娃桃子上幼稚園小班，均為奶奶帶伊上学，每趟兩次路過，经石羅漢吾跟前，定要停足，双手合十礼拜，口中喃喃為衆生祝禱祈福。

桃子上大班，奶奶不幸病逝。之後，桃子自個兒上学路過，伊仍停足，面对石羅漢吾，双手合十礼拜。

善哉！奶奶之身教重於言教，奶奶之慈悲与謙卑之心，仍活在桃子身上吾

21 汽球篇

有一村童抓溜汽球，哭追半里，汽球飄至禮佛手肘，繩線卡住，村童破涕為笑。此後數日，每每小孩路過，即指吾救球之事，令吾甚為難堪；此乃湊巧勾住，非吾之助。也罷！善意誤會，激起感恩，亦算好事一樁，妙哉！

有一村童抓溜汽球，哭追半里，汽球漂至禮佛手肘，繩線卡住，村童破涕為笑。此後數日，每每小孩路过，即指吾救球之事，令吾甚為難堪；此乃湊巧句佳，非吾之助。也罷也罷，善意誤會，激起感恩，亦算好事一樁。妙哉！

星月風 13

石羅漢日記

圖　・　文　黃春明

總 編 輯　賴瀅如
編　　輯　蔡惠琪
美術設計　許廣僑

出版・發行　香海文化事業有限公司
發 行 人　慈容法師
執 行 長　妙蘊法師

地　　址　241 新北市三重區三和路三段 117 號 6 樓
　　　　　110 臺北市信義區松隆路 327 號 9 樓
電　　話　(02)2971-6868
傳　　真　(02)2971-6577
香海悅讀網　https://gandhabooks.com
電子信箱　gandha@ecp.fgs.org.tw
劃撥帳號　19110467
戶　　名　香海文化事業有限公司

總 經 銷　時報文化出版企業股份有限公司
地　　址　333 桃園縣龜山鄉萬壽路二段 351 號
電　　話　(02)2306-6842

法律顧問　舒建中、毛英富
登 記 證　局版北市業字第 1107 號

定　　價　新臺幣 349 元
出　　版　2023 年 5 月初版一刷
I S B N　978-626-96782-2-8
建議分類　文學漫畫｜人文哲思

香海悅讀網

國家圖書館出版品預行編目 (CIP) 資料

石羅漢日記 / 黃春明著 . -- 初版 . -- 新北市 :
香海文化事業有限公司 , 2023.05
56 面；17 x 20.5 公分
ISBN 978-626-96782-2-8 (精裝)
1. 文學漫畫 2. 人文哲思

863.55　　112004582